拍卖师阿独

孙颙 著

上海文艺出版社

目录

拍卖师阿独　1

天下无信乎——代后记　127

附录：评论两则　133

拍卖师阿独

一

凡是绰号，能叫到代替本名，甚至让朋友们忘记本名，肯定有特别的道理。

拍卖师阿独，就是被业内业外叫得滚瓜烂熟的绰号。除了他的家人与社区片警，几乎已经没有人记得他的本名。

在拍卖这个行当，不同门类的拍卖师的等级，没有谁细致地予以评定，但公认的差距却相当清晰。搞房地产拍卖的，虽说成交的金额不小，那拍卖师的地位未必高。你想，真正精通房地产行业的尖子，多数被财大气粗的开发商们收罗去了，谁还耐得住性子在闹哄哄的场子里敲槌啊？海关罚没商品拍卖，或者五花八门的其他商品拍卖，尽管被市民们津津乐道，那层次其实不高，接近海外的跳蚤市场，淘便宜货是好机会，说到底，搞不出多少大名堂。

唯有艺术品拍卖，其中的学问，其间的奥妙，深不可测。掌管艺术品拍卖的先生（极少有女士），尤其是大家信赖的有名头的拍卖师，那地位，那身价，那派头，不得了。捧他们场面的，尽是钱多得数不清的，是收藏界的大佬。一般的人，想请拍卖师过来吃顿饭，比请当大官吃饭还难！卖方买方，全不敢得罪顶尖的拍卖师。道理自然十分简单，怕上当啊,想赚更多的钱啊。

大的艺术品拍卖行,肯定要养几个顶尖的拍卖师压阵。虽说行规狡猾,是好货卖与识家,拍卖行负责介绍推荐,但是不保证卖品的绝对品质,你买家自己凭本事判断啰;但是,到底动辄是几十万几百万乃至数以千万的交易,在台上扬槌呐喊的,如果是个众阔佬信得过的行家名家,买主们自然多了举牌掏钱、一掷千金的底气。

于是,随着市场的发达,随着中国富人雨后春笋般的出土,一二十年间,拍卖师阿独一类的精英,就应运而生了。

二

据说,阿独祖上曾是大户人家。不过,那就是邻居间口头传传,到阿独出生时,除了剩一处墙砖剥落的石库门房子,家道和普通市民区别不大了。祖母活着的时候,时而对小孙子唠叨:"你太爷爷有过几百件青花瓷啊,几百件全部正宗的啊,最大的,能让你小猴子进去洗澡呢!"直到老太太寿终正寝,被称为小猴子的小孙子也没弄明白,那个可以洗澡的青花瓷是什么模样。

阿独上小学时(当然,他那时还不叫阿独,大家叫他阿二,因为在这一辈,他排在第二名；为读者阅读方便，小说中统统称他阿独），弄堂里有了摇铃吆喝的商人，专收值点钱的旧货，其实就是收上了年纪的老东西，未必称得上古董，主要是百把年来上海滩残存的可以唤醒记忆的物品。比方说，一只碎了灯罩的老式台灯，一只摇不紧发条的手动唱机，他们弄了去，捣鼓捣鼓，兴许是整饰得越发破旧些，然后高价卖给拍电影的真老板，或者是开咖啡店的假小开，能派大用场。收旧货的商人，转转手便赚。上海石库门老弄堂里，有底子有老货的人家多，会做生意的自然盯上了。

有一个大热天，还是在放暑假的日

子里,阿独正在天井里苦练投篮技术,就是瞄住钉在砖墙上的铁圈反复投球,直把身上的圆领汗衫练得湿透湿透,可以拧出半斤水来。突然,有人把木门外的金属把手敲得啪啪响,顿时破坏了阿独的兴致。阿独腋下夹着皮球,打开木门一瞧,是个戴着草帽的脏兮兮的中年汉子:"小朋友啊,我是收旧货的。"

阿独被他搅了局,不耐烦地说:"爸妈不在家,没旧货要卖!"说着就抬脚踢门,想把它关拢。

那中年汉子竟然赖皮地用肩膀顶住木门,眼珠往天井里一扫,讨好地说:"我什么全收!那碎片我也收!"

阿独抬眼瞧去，戴草帽的用一根被香烟熏得土黄的手指，点向西面阴影处的墙角，那里搁着个盛雨水的老酒坛；好喝茶的老爸，喜欢用"天落水"泡茶，那酒坛是他的宝贝，还特意用一块大瓷片垫在坛底。这会儿，有蟋蟀在老酒坛下正鸣唱得起劲，一声高一声低的，也不晓得疲倦。阿独对蟋蟀之类的玩耍向来没兴趣，从来不去逮它们，所以他家的蟋蟀缺乏恐惧感，尽管放开嗓门高歌。

戴草帽的讨好地说："小朋友，你把酒坛下那碎瓷片卖给我，我给的钱，足够你买一只真正的大篮球！"

说实在话，那年头，让本班篮球队

主力阿独最着迷的事情,就是NBA的明星和他们用一只大手便可以捏牢的篮球,阿独做梦也希望拥有一只比赛用的真正的篮球。那卖旧货的何等乖巧,何等狡黠,一句话就点到了少年人的死穴。不过,小朋友阿二之所以最后能成就为拍卖师阿独,还在于他的基因,或者说他的智慧,在那一刻竟突然灵光四射。他愤怒地打量着草帽下谄媚的眼睛,把渴求篮球的欲望强行压抑下去,随后毫不留情地用膝盖一顶,把笨重的木门关紧了。

阿独,包括阿独的父母,从来没有注意过天井里残存的瓷片,否则也不会用它来垫酒坛。旧货商的话,却恰似醍醐灌顶,让年少的阿独,顿时清醒过来,那玩意肯定值钱!旧货商是上海滩最奸猾的生意人,他那么急吼吼地想买了去,里面总有名堂!

阿独顾不得练投篮了。他小心翼翼地把老酒坛挪开,见到了垫底的瓷片的庐山真面目。泥巴和垃圾的遮掩下,可以隐约看到瓷片上细长的青颜色的花纹。这时候,阿独记起了幼年时听过的老祖母的唠叨,他的悟性开始萌芽。也许,这正是祖母念叨的青花瓷的遗骸!

阿独当即做出将影响他一生的重要决定。他用水洗净了那瓷片,细心地用布包了，直奔名气很大的福佑路而去。那条嘈杂的小街离他们小学很近，同学们说，那里卖的全是值钱的旧货和古董。阿独想去那里估估瓷片的价钱。当然，阿独是乖孩子，他绝对不会背着父母卖家里的东西，他只想满足自己的好奇心，那碎得看不清原样的瓷片，究竟是什么来历？旧货商出价不低，它究竟值多少钱？

福佑路街口，有一个摆地摊的和善的老头，那天没生意，正闲得无聊，他接过男孩手中的碎瓷片，浑浊的眼睛开始发亮。十根粗糙的手指把碎瓷摩挲了许久，嘴里念念有词："可惜啊，可惜啊，上好的宝贝,烂成这样!"于是,流着鼻涕的邋遢老头,在那一天成为阿独的启蒙老师。半是炫耀,半是打发无聊,老头把与青花瓷相关的故事,真真假假,吹得天花乱坠,直听得少年人两眼发绿。

直到今天,那青花碎片还躺在阿独的柜子里。这是祖上有过青花瓷器的唯一的见证,阿独永远不会卖了它。何况,正是靠它的指引,阿独才走上了艺术品鉴赏和拍卖的道路!

三

拍卖师阿独,这绰号本来应该写成

"拍卖师阿毒"。"阿毒",上海话念全了,是"阿有介毒",翻译成普通话,就是"怎么这样毒"。这话用在别处,谁也受不了。"毒",自然与"狠毒"、"恶毒"之类的意思紧密相连;唯有用在阿独身上,仿佛不是坏话了,因为他是艺术品鉴赏专家,"毒"的含义,乃指他的眼光特别毒。真假好坏,一目了然而已。不过,写成文字,"阿毒",毕竟不那么赏心悦目,所以,朋友们不约而同地写作"阿独",他也就欣然接受。何况他天性好静,好独来独往,字面的意思也很贴切。

阿独的眼光"毒",是有许多传闻

可以说说的。单讲一件跨国的故事予以证明。那年,美国的某大博物馆,拿出一批中国古代的名画,声势浩大地搞了一个中国艺术专场展览。为了扩大影响,特为邀请北京和上海两地的艺术鉴赏名家去捧场,一应差旅费自然是老美支付。阿独作为上海的名家,也在被邀之列。旅途上的种种杂事不必细述。单讲那天预展,让受邀请的远道而来的专家们先饱眼福。这批古画中,特别抢眼的是一幅山水巨作。此画在前人的笔记中曾有详细介绍,连画面的布局和细部的笔触也娓娓道来。可惜,原作早就在人间消失了踪影,据说是毁于清末民初的战火。

今天，消失的名画突然在大洋彼岸冒出水面，让所有的参观者惊叹不已。那巨作保存良好，艺术水准极高，构思大气，笔触豪放又不失精细。站到如此的杰作面前，观者的心顿时被美的力量彻底征服，对古代艺术家创造力的赞叹，高山仰止的感受，令人目光流连，舍不得从画面上挪开。据说，藏品乃博物馆花了大钱从私人手中购得。那画的来历也很清楚，是火烧圆明园的年代，从清朝的宫廷中流出。至于是哪位洋人军官干的勾当，出售画的人坚决不肯讲，是为死者讳的意思，毕竟在战火中掠夺他国艺术品，不是光彩之举。

瘦长的阿独，细细端详着展览的宝贝，活像一根笔直的竹子，竖立在那幅巨作前面。他仅仅站立了两分钟，很短暂的时刻，站在他身旁正欣赏得入神的诸位名家，就清晰地听到他嘴里蹦出一个词："假货！"那一刻，展厅里安静得鸦雀无声，来自中国的客人们正沉醉于古人美妙的艺术境界之中，被他这一简洁的吆喝吓了一跳，受惊的诸位，不由得面面相觑。

那天晚上，当地的一位华人富商请名家们吃饭。席间，说到博物馆的古画，就有人纳闷地询问阿独："你确定那幅大画是赝品？"

阿独正在对付盆里的大明虾，头也不抬地回答，还是两个字："假货。"

阿独身边的一位朋友接口劝道："人家出钱请我们来，没大把握，就随他去，免得扫兴！"

阿独依旧不抬头，生硬地回复道："假的！"

请吃饭的华人富商和北京的名家们熟悉，至于阿独，是第一次见面，并不知他的底细，未免揶揄道："你的眼光比机器毒啊。美国人相信高科技，那批画，听说全用碳十四测过，肯定是真的。"

阿独听出对方挖苦的意思，也不管"吃人的嘴短"的老话，抬起头看富商一眼，冒失地顶回去，"碳十四啊，你相信那玩意？好啊，你要什么年代的画？我这几天就给你做一幅出来！你准备好用美金买啊！"

要这样斗下去，饭局肯定被搅得不欢而散。好在，席上有一位八十来岁的前辈艺术家，是大家尊敬的长者，他发话了，缓缓说道："艺术鉴赏，没有绝对之理，真假高下，各有一说。不必强求他人意见一律吧。"阿独瞧瞧他，出于对长者的敬重，咽下口水，不再言语，这才缓和了气氛。

后来，有人告诉那富商，阿独是有真本事的行家，他确实能做出通得过先进仪器检验的假画。说穿了,亦不稀奇。仪器认的是呆理。只检查那纸张和墨的年代。若去市场中淘古代的纸和墨,再请高明的画师动笔,做出来的古画,仪器当然不辨真假啦。这类闻所未闻的道道,听得那富商瞠目结舌,庆幸自己没有真的与阿独打赌。买回仿制假货,输钱事小,出洋相就太丢面子。从那以后,阿独的"毒"名就传到了海外。

那幅古代的山水巨作,阿独仅仅看了两分钟,为什么就敢一口咬定为"假货"?阿独始终不肯把缘由讲清楚。到底是讲不清的瞎蒙,还是不想暴露看家本事?各有各的猜测。几年以后,美国警方破获了一个专门从事艺术品走私和假冒的黑帮，经他们供认，卖给博物馆的古画，有真有假，至于那幅被称为失踪多年的中国山水巨作，千真万确是假古董，乃黑道文化商人仔细研究古书记载，然后请高手精心制作的。这样一来，阿独的眼光之"毒"，就没了疑问。不过，那画作假的本领甚高，把那天在场的一些鉴赏名家也骗过了，如何被阿独一眼看穿，还是个难猜的谜。高手的本事，越是深藏不露，越让人惧怕与敬仰。恐怕阿独也是在玩这一套，使自己因为神秘而身价倍增。

四

阿独的"独"字,还有一种上海话的解释,叫"独腹心思",那意思是"认死理"。阿独认哪些死理呢?按照现在时髦的眼光看,他的"死理"属于"傻帽"一类。阿独专门和古代的艺术品打交道,连骨子里也渗透了古人的气味。他满口忠孝仁义、君子坦荡之类的言辞,比方说,要他讲假话就很难,这便是他在几家大拍卖行待不久的原因。有的拍卖品,真假不易分辨,老板当然希望拍出去,因为拍卖行靠佣金提成过日子,假货只要能卖高价,拍卖行一样有丰厚的佣金啊。逢到买家事先来试探阿独的口气，阿独虽然不会直接拆老板的台，但是也绝不肯昧着良心说话，他常用的办法是王顾左右而言他。时间久了，收藏家们就传开了，只要阿独含糊其词，那玩意八成有毛病。所以，他实际上还是在拆老板的台，老板当然不喜欢这样的拍卖师。阿独尽管名满天下，却屡被大拍卖公司辞退，最后只能自己开家小公司，要害就在认这个死理上。

阿独认的另一条死理是"有恩必报"。所谓"知恩不报非君子"，是他常常挂在嘴上的一句话。他的妻子，一个普普通通的乡下小女子，就是在这样的理论指导下，被娶进拍卖师家门的。

　　阿独二十四五岁的时候，有一次，去安徽乡下收艺术品。安徽出过不少大人物，同时也是清代的官兵与太平天国死拼的战场，总是会留下些值得买卖的物件。淘宝的人喜欢在那里溜达。安徽山区蜿蜒几十几百里的青石板路，平时很好行走，逢到潮湿的天气，未免溜滑得够呛。那些被千万双脚打磨了千百年的青石板，在淅沥的雨水的滋润下，像玉石般晶莹闪亮。那光泽实际上是可怕的陷阱，你得意洋洋轻飘飘地在上面行走，一不小心，或许就栽了大跟头。直到摔下去的刹那，阿独才明白了，青石板漂亮的光泽乃魅惑人的假象。还好，阿独没有滚下山崖，他被路边的乱树丛托住了，保全了性命。但是，他的腿扭伤了，痛得无法动弹，只能傻傻地躺在雨中，等待旁人的救援。

暮色渐渐浓郁起来，山间的风开始变得寒冷，全身湿透的他，感觉血液在慢慢冷却。平生第一回，年轻人懂得了什么叫绝望。他边哆嗦边思量，莫非他的小命要丢在这荒山野外？他听当地人说过，这荒山曾经是太平天国与曾国藩的军队血战的死地，丢散于山谷中的尸骨估计有十几万，老百姓叫它万人坑。山风拂过树叶，幽暗的空中回荡着"呜鸣"的声响,好像无数冤魂的哭泣汇聚成的共鸣,压迫着年轻人的耳膜,让阿独感受到从未有过的恐惧。

谢天谢地,命运没有完全抛弃他。在天色几乎全暗下来的时刻,他终于盼到了一个路过的行人。那身影从转弯处的青石板路上飘逸而来,渐渐逼近了阿独跌倒的地方。他开始大声呼叫,那人停下脚步,欠身朝路边看,于是发现了被乱树丛托住的他。不过,阿独却有些失望,因为那只是一个女孩子,看上去身子很单薄,很瘦弱。眼下只有这一个救星,阿独只得恳求她,能不能从附近的村子叫人来救他。她说,去最近的村子也要走两小时。山间的路就是这个样子，你看看挺近的地方，却有得走。她一边回答，一边不由分说地，伸手就来拖他。他难以想象，看上去如此瘦弱的女子，竟然有那么大的气力，把他硬是拖上了石板路。扭伤的腿被从乱树丛里拉出来时，他疼得忍不住地哇哇乱叫，冷汗、虚汗和雨水统统混杂在一起。但是，到底脱离了可怕的险境，他庆幸着，对小女子感激不尽。

后面的事情就比较简单了。乡下女孩把他架进路边很近一处石板搭的小屋，说那历来是给行人避风雨的。见他冷得全身发抖，还有发烧的模样，女孩情急之中，犹豫了片刻，最后勇敢地毫不忌讳地将他搂向自己的胸怀，竭尽全力，用青春的热力给他一点温暖。他们紧紧依偎了两三小时，终于等到一队商人路过，阿独才被抬下了山。

阿独到上海养好身体，又要到山区找那女孩，发誓要将她娶回家门。朋友们不理解，说多给些钱，报她救命之恩就是了，何必如此这般搭上终身呢？阿独说，她将我放怀里抱了那么长时间，黑灯瞎火的，哪里说得清楚，会害人家一辈子！朋友们劝不住，刻薄地挖苦道，莫非那时候你已经成就好事？阿独愤愤然驳斥，半条命也快没了的时刻，还能做什么？朋友们劝不动他，也只能由他去了。

待阿独把女孩带回上海，在饭局上郑重地将她推介出来，他的朋友们倒傻眼了。那女孩，要模样有模样，要气质有气质，几分娇羞，几分可爱，谈吐亦不俗气；至于贤惠体贴，就更不用说了，做阿独的妻子，比起上海娇贵的千金们，显然更加适宜。详细问来，知道那女孩的祖辈，一直是乡间的塾师，也是有文化根底的人家。朋友们羡慕之余，开玩笑地说，阿独福气好啊！真想也去安徽乡下摔个跤，换回一个好老婆。

五

不过，朋友圈子里，对阿独的因感动而生爱情，还是有所存疑的。

如果那安徽小女孩，不是如此玲珑可爱，阿独还会知恩图报到把她娶回家吗？另一种说法就更刻薄了。说那女孩的家族，一直是乡村里有文化有根底的，安徽乡下古董多，阿独娶她，大概同时还迎进了值钱的宝贝。对于这类小人之心的非难，阿独从来懒得搭理。不过，另一个莫大的疑问，就让阿独颇难回避了。疑惑来源于阿独对另一个女人的态度。那也是阿独的大恩人，另一种意义上的救命恩人。

阿独偏偏取别样的态度，非但未报答她，甚至相当冷淡。说好听点，是对她敬而远之；直白些说呢，就是刻意躲避她。这就显得很蹊跷了。那事情，发生在阿独决定自立门户开拍卖行的时候。

前面说过，阿独不是会说假话的人，因此在大拍卖行里，往往做不久。你想，拍卖行是靠成交后提成的佣金过日子的。那些艺术品的大买卖，成交金额以数百万千万计的好交易，一般全是可靠的珍品，其间偶尔混进个把的假货，也在所难免。不管真假，只要成交一笔，拍卖行就有几十万甚至上百万的提成，谁愿意丢了那样大笔的银子啊？何况拍卖行也有很多成本啊，要印精美的画册，要租高档的拍卖场地，要有招待贵宾的拍卖酒会，全指望着成交的佣金来收回成本呢。阿独的不善谎言，就容易露破绽，把某些潜在的买主给吓跑，使拍卖行的预算落空。

艺术品拍卖中的猫腻不少。比方说，某某当代画家，作品的价值，本来仅是几千元一尺。画家不甘心自己的身价只值此数，自然有好事的朋友来为他做手脚。画家拿出一批画给拍卖行，朋友们到现场抬价，抬到万元以上一尺。如果有买家冒失地跟进，成功地卖出这些画，当然是天大的喜事。万一没人跟进，是画家的朋友们自己用高价吃进，损失亦不大，因为兜个圈子，画还是回到了画家手中，损失的不过是给拍卖行的佣金。何况大家是有默契的，碰到如此情况，拍卖行的佣金少拿一点便是。不过，画家在白白送出些佣金的同时，大大提高了自身画作的市场价格，后续的无穷好处，是谁也想得明白的。在这种拍卖现场，作为拍卖师的阿独，必须把假戏演得像真的一样。他应当在抬价的捐客举牌之后，尽量虚张声势地拖延时间，把拍卖槌高高举起，却不轻易敲下，以便等待有冒失的买主一时冲动地报价。可惜，知晓内情而又"愚笨"的阿独，常常因为心亏气短,表演失常,急冲冲地一锤定音,于是,只好让那些抬价的掮客懊恼地把画背回去。

做老板的,喜欢阿独的名声和本事,但是,更喜欢银子,所以就常有忍痛割爱的故事发生。

我们把拍卖行的小故事唠叨许多,是为了说清楚,为什么名声在外的阿独,会一而再地丢了在大拍卖行的差事。在本世纪刚刚开始的时候,阿独在朋友们的鼓动之下,终于开出了属于自己的拍卖公司。朋友们认为,靠阿独的名气和人品,加上在圈内圈外的影响力,他开一家拍卖公司,肯定赚钱,比在老板手下受窝囊气好得多。朋友们给他举的例子，全是文化界自主创业的好消息。比方说，建筑设计那一行，好多设计师从原来的设计事务所分出来单干，发财凶猛呢！"现在是创业的好年代！"朋友们异口同声地感叹，"就看你是不是有真本事啊！"

阿独挡不了那些朋友的煽动，终于下海单干了！他和那位女富翁的蹊跷的故事，也因此开了头。

六

那女人酷爱艺术品收藏。她的名气，

在国内是不必说了。在海外，特别是华人收藏家圈里，那名声用"如雷贯耳"形容，亦不为过。圈里人说到她，尊敬地称她一声"大小姐"。这外号，叫得久了，就像阿独的情况一样，反把真名盖住了。至于"大小姐"三字，出典在哪里，几乎没人认真想过。也有好事者曾经如此解释，此女子本姓赵，完整的称呼应该是"赵大小姐"。中国现代史上有过一位名声显赫的"赵四小姐"，此赵比那赵更牛，所以排行为"大"。当然，那是茶馆里闲人们穿凿附会之说，当不得真，暂且存疑。

  酷爱艺术品收藏，并且有大量的珍

稀藏品，一般得有一个前提，那就是需要很厚实的家底。大小姐的来历，与她的外号一样，多少带些神秘。她身材窈窕，个子高，鼻梁挺，眼珠略微带些蓝光，让人猜疑，她或者有几分之一的欧洲血统。十多年前，大小姐从海外来到上海，买了幢近郊的别墅，悄悄地定居下来。那时，她在上海似乎没什么朋友。经常跟在她身后的，是她的一位经纪人，他随大小姐从海外归来，熟人称他谢先生。后来，赵大小姐的名气一天天响起来，因为她频繁地出现在艺术品的拍卖会上，经常有大笔的银子甩出来收购藏品。据有幸进入她的私人别墅的参观者说，大小姐的藏品之丰富，几乎顶得上一个中型的博物馆。她的顶级藏品里，许多不是上海的拍卖会能够提供的！那就是说，大小姐另外有收购藏品的秘密渠道。至于那渠道在哪里，谁也不会傻乎乎地开口相问。人们只是暗地里相传，大小姐的藏品价值，应该上亿，甚至几个亿了。有人就此问过谢先生。他瞪了询问者一眼，生硬地说："你是税务官吗？"潜台词是：你有啥资格问？

有如此身价的大小姐，到底从海外带回多少钱财，她的财产源于何处，更是绝对的秘密。大小姐看上去还相当年轻，顶多三十几岁，是女人成熟而富有风韵的岁数。这年龄，要靠自己拼搏积攒亿万财产，常理上不太可能。要么是托祖宗的福，继承了巨大的财产，要么是另有特别的来路。妒忌而尖刻的人就说过，称她大小姐，亏待她了，称小夫人还差不多。那钱，多半是从无法露面的某位先生那里得来的。因为除了跟班一样的谢先生，大小姐身边并没有亲密的男士出现，使这样的猜测有了广阔的空间。有人就进一步猜测，当年，她携带了大笔来历不明的资产，匆忙移居（或者说躲避到）上海，八成是为了避祸呢。此祸是啥？感兴趣者，尽管发挥丰富的想象！

不过,谢先生有一个软肋,是爱好喝酒。渐渐地,他在上海滩有了酒友。当他有三分醉意,警惕性松懈的时刻,嘴巴也就不那么紧了。人们从他含含糊糊的言语中,多少知晓了大小姐的背景。她的丈夫,曾经是金融圈里呼风唤雨的人物,在金融交易中积攒下巨大的财富。可惜,天不怜才,正在踌躇满志的年华,突然因重病而暴毙,丢下了美丽的妻子与万贯家财,独自去了缥缈的天国。风情万千的妻子,受此突然打击,顿感万念俱灰。于是,她躲开伤心之地,回归故土,以慈善和艺术品作为人生的寄托。

被众多的神秘笼罩着的大小姐,由

艺术品市场牵线搭桥，她的命运，突然与阿独的人生轨迹发生了交叉。

七

那是在阿独自己的拍卖公司开张的日子。因为要讨"开张大吉"的彩头，阿独用足了心思。他把经营多年的关系网篦头发似的来回梳理，刻意以神来之笔，把属于自己的头一笔生意描绘得绚丽多彩。

阿独想到一位老先生，此人隐居在城市东北角的弄堂深处，收藏界几乎没有人认识他。阿独与他相识，也很偶然。

几年之前,阿独幼年的一个玩伴,把此先生带到阿独的家。老人说,闻名已久,登门求教,想请阿独帮忙鉴定几幅家藏的画。那天,老先生把手里拎着的皮箱打开,把箱子中的旧报纸翻个身,让阿独看一沓旧兮兮的纸。报纸的油墨,有防蛀的功能。以旧报纸包宣纸类藏品,当是懂行的。那沓纸进一步摊开来时,阿独的眼睛顿时亮闪起来。这分明是海上一位大师的杰作。阿独非常熟悉他的创作,他初初看去,就知道是大师盛年时的精品,时间约在上世纪的三四十年代。听得阿独肯定地说此乃珍品,老先生满足地收拾起箱子。他说自己不缺钱,是好东西就给子孙留着,不想卖。

因为老先生仅仅是求他做个鉴定,没有出售的意思,时间一久,阿独便把这批藏品淡忘了。现在,要为自己的公司开张寻个好生意,阿独才从记忆深处挖掘出此事。他知道那大师的画作在市场上流通很少,如果能动员老先生把藏品拿出来拍卖,效果必然极佳,能吸引海内外收藏家们的眼球。阿独先是找到幼年的玩伴,问清楚老先生的住址,然后就满怀希望地上门去做动员说服工作。

人世间的事情,成与不成,除了需

要做事者的努力，与机会的凑巧，实在有莫大的关系。那老先生原来拿定主意是不卖藏品的，若阿独早上门几个月，费尽口舌，恐怕也是白费唾沫。这一回，老天爷似乎特别关照创业者阿独，他上门拜访时，老先生正为了钱的问题发大愁。

老先生的孙子，从小就是学校里的尖子生，重点小学、重点中学一路读下来，分数始终名列前茅。老先生对孙子宠得不得了，那批画就是想给孙子留着。优秀的年轻人心高气傲，报考大学，只填了复旦大学一个志愿。那意思，就是非复旦不进的。人算终究抵不过天算。

一向把考试视作游戏的年轻人，偏偏在高考的关键时刻出了岔子，发起高烧。尽管他凭毅力坚持把考试应付完毕，到底还是大受影响，成绩出来，他比复旦的录取线低了两分。

　　家长们如何忍心责怪孩子？生病还能考出如此成绩，确实是天大的本事了！家长们一面四处活动，想让他进其他学校，同时安排孩子去美国的亲戚家散心。这一玩，花样出来了。小伙子在那里自己报考了一所名校预科。他的学习向来优秀，竟然被录取。两相比较之下，他当然不想以失败者的身份回国念普通大学，便执意要留在美国读书。事情也算好事情，只是需要一大笔学费和生活费，他父母是小知识分子，温饱可以，存款则不富余，因此天天发愁。

　　正是在这当口，阿独一脚跨进了老先生家门。不必细细分析，读者已经明白，阿独的目的和老先生的需求，突然变得十分合拍。唯一麻烦的问题是，老先生需要马上拿到大笔现金，他等不得拍卖行的程序。老先生的条件是，先付一百万给他，拍卖后再结算。附带的条件是，如果拍卖的总价低于一百万，老先生不退回预付款，损失由拍卖行负责。按理，这是违反拍卖代理的规矩的。不过，阿独急于要把握这个机会，再说，老先生也不是有意刁难,他是为了孙子的学费着急啊。阿独再三思量,毅然应允下来。他把账算得很明白,那批画起拍的底价不止两百万,先付一百万,绝对不会亏。

八

人的意志最难以承受的痛苦,就是突如其来的,甚至没有预兆、没有道理的打击。阿独知道自己遭遇滑铁卢的噩耗,是在签下合同付出百万现金的两三个星期之后。

他把自己的公司首次拍卖的消息发

布出去。为大师的五幅佳作，他特意设计印制了精美的画册，尽管薄薄的几页，那品质绝对优良。宣传引起了他意料之中的轰动，咨询详情的电话令助手们应接不暇。这位大师的精品，集中地出现在一场拍卖会上，还是从来没有的事情。圈内人估计，拍卖的竞争将十分激烈，那价格也会扶摇而上。总之，情况对阿独相当有利，真是开张大喜啊！

　　阿独与助手们还来不及好好高兴，一个晴天霹雳打来了。圈内传开了一个消息，说大师的家人，包括他的学生们，坚决否认这批画是真迹，说全部是仿制的伪作。起初，阿独没认真看待传闻，那样千真万确的货色,哪里假得了?他认为是同行嫉妒捣乱,破坏他的拍卖推广。他打算上门去说清楚。他认识大师的几个学生,以前在生意上也有过交往,他相信能够简单地破解问题,把麻烦搞定。始料未及的是,待他和对方开始具体沟通,并通过熟人得到一些内情后,阿独才意识到事情比他想象的要严重得多。

抗日战争全面爆发的时候,那位大师不幸地滞留在成为孤岛的上海。他像多数市民一样,开始了朝不保夕的生活。那年头,大米像金子般珍贵,人们为了活下去,把所有的钱财全用在了糊口的粮食上。大师的积蓄很快消耗殆尽。当他的生存开始出现危机时，就有好事之徒上门来了，鼓动他作画卖画。那时候的上海，谁能买得起画啊？毋庸讳言，大师的画，通过中间人，全部卖给了双手沾满中国人鲜血的日军首脑。那些战争机器，一面杀人如麻，毁灭中国的一切；一面又假作斯文，以收藏中国的艺术品为荣。这件事情，在抗战结束的时刻，曾经有人在上海的报纸上披露过，并且指名道姓地称大师为汉奸，严厉斥责的同时要求追究责任。当然，老百姓是不会把此太当回事的。要追究的汉奸不少，哪里轮得到卖几张画糊口的画家？岁月流逝，他的家人以为那段历史早已消散，被社会遗忘了。哪知偏偏有一位老先生把当时的某些画作保存下来，现在偏偏又被阿独大张旗鼓地拿出来拍卖，这等于把尘封的旧事连同不十分鲜亮的故事，翻到了光天化日之下。出于对业已仙逝的大师的爱护，他的家人与学生于是拿定了主意，坚决否认这批画的真实性。熟悉内情的朋友劝阿独收手，因为对方的态度是不可更改的！

对于艺术鉴定，阿独胸有成竹，手到擒来。艺术真伪竟然夹杂进如此复杂的历史纠葛，完全出乎阿独能力之外。阿独马上理解了此事的严重程度。他在和卖画的老先生闲聊时，得知那老先生懂日语，年轻时在日本人的洋行做过事情。阿独猜想，日本军队溃败之际，日军首脑们忙于逃命，能丢的东西尽量丢，老先生肯定是拣了便宜货。现在，却苦了拍卖师阿独。可怕之处在于，阿独没有退路，想收手也不行。他与老先生签的合同规定，如果拍卖总价不到一百万，损失由拍卖行承担。现在，既然大师的家人与学生都出面认定画品是伪作，谁还肯买呢？阿独的拍卖行的处子秀遭遇失败不去说了，一百万的真金白银栽进去，小本经营的公司，将彻底完蛋！真正所谓的人财两空了！

九

在拍卖正式开始前的一星期里,阿独瘦了十斤。

他本来只有一百斤多一点,瘦十斤,看上去人整个脱形了。长期以来,他上拍卖台时,习惯穿立领的中山装,那样的服装,既显示中国派头,与他掌管的艺术品拍卖吻合,又不会显得老土。现在,轻了十斤的阿独,身子藏在平素爱穿的立领中山装里,样子有点儿滑稽。衣服晃荡着,似乎没什么东西支撑。如果阿独的老奶奶还健在,看见孙子此刻的滑稽模样,定会觉得当年叫他小猴子真个是叫对头了。

不管前景多么糟糕,阿独决定把拍卖会坚持到底。人争一口气。阿独放弃拍卖,不会有实质性的好处,因为送出去的一百万,已经没法要回来。再说,放弃拍卖,等于自己承认,那些画是有猫腻的。阿独的名声来之不易,他哪里肯轻易被这么毁了?阿独觉得,当初大师为生计所迫,卖些画无可厚非,绝不至于被套上汉奸的罪名!作为他的后人,为掩饰往事,执意不承认那些画,便是过分之举。不过,阿独理解他们的特殊情感。对于自己的祖辈的爱护,即使过头了,你也责怪不得。只是苦了不知底细的拍卖师阿独。阿独心底残存着缥缈的幻想：也许，有真正懂行的，在众人避而远之的时刻来捡漏，买个便宜货呢？

在这种自欺欺人的愿望支撑下，阿独开始了自己公司的第一回拍卖。

阿独缓缓走上拍卖台，步履有点儿艰难。在明亮的灯光聚焦下，他干瘦的身材更加招惹目光。那是让男人看了可笑、让女人看了可怜的身子。他清了清嗓门，把目光投向场内。他的公司小，本次拍卖的内容也仅仅是五幅中国画，所以只租借了一个中型的场地。本来可以容纳百把人的大厅，倒也坐了七八十人，按一般的情况，买家到场的情况算不错了。不过，阿独心里明白，今天到场的人，十之八九不是来举牌竞拍，而是来看他热闹的。中国人，一般是崇拜名人的，但是，如果名人出洋相，感兴趣者、幸灾乐祸者，也绝对不在少数。

好奇，是人的重要本性。圈内的朋友们，对大名鼎鼎的拍卖师阿独自己开公司，本来就充满好奇；他出手就甩出五幅稀罕的大师杰作，那好奇就翻了倍；现在，大师的家人却出面否认这批画，因此，圈内人等好奇的感觉未免就烧开锅了。阿独知道，多数来宾，包括以前对他毕恭毕敬的收藏家们，今天多半是来看他会不会当场大出洋相。阿独的名声大，是因为他的眼光毒，看玩意不走眼，今天却偏偏有强大的力量要戳穿阿独的神话。竞拍，是要靠真金白银撑腰的！人们对阿独的信赖再强，也抵不过大师家里人的铁嘴铜牙啊。他们说是假的，相当于对拍品宣判死刑。今后，市场上就没有这批画生存流转的余地。谁掏大钱竞拍，那就是和自己的钱袋子过不去。场内交头接耳的议论，基本的意见是一面倒，估计这次拍卖，五幅作品均将难逃流拍的尴尬。

离拍卖台越近，阿独的脑子越清醒。对现场严峻的形势，那嘤嘤嗡嗡的声浪中蕴藏着的风险，他心中一清二楚。上台前，朋友还在劝他罢手，他不肯，劝他压低起拍价，他也不干。他说，起拍价太低，即便侥幸拍出去了，实际上也是彻底失败，因为大师的真品，绝对不可能是这样的价格！他做好充分准备，上台来接受流拍的结局。就是输，输个精光，他也愿意输得堂堂正正！

第一幅拍品，是苏州的山水。"姑苏城外寒山寺，夜半钟声到客船。"是日本文化界特别喜欢的唐诗名句。当初那些好事的中间人，为讨好日军头领，便要求画家画些"正中下怀"，卖得出好价钱的画。

阿独不慌不忙地开始解说此画,镇定自如,似乎完全没有被面前不安的气场所干扰。从画家的地位到本画的艺术特点,娓娓道来,体现出专业人士的自信和大气。全场安静得很,直到阿独清晰地报出拍卖底价,才引发了一阵嗡嗡的议论。

"五十万!第一次!"

场内肃静。

阿独很沉着,目光巡视一圈后,缓缓地道:"五十万,第二次!"

场内依然肃静。但是,明显有许多脑袋在左顾右盼。

阿独心底微微叹了口气,不易察觉。

看来，他所期望的捡漏的行家并不存在。尽管这是意料之中的惨败，不过完全属于自己的头一场生意，竟是如此的悲惨，阿独不得不感叹命运的无常。

"五十万，第三次！"阿独不想再无谓地延长自己的痛苦，他高高扬起了槌子，正要敲向桌面，朗声宣布本幅作品的流拍，突然，神光闪烁，他的眼前竟然出现了奇迹。在拍卖厅后排的座位上，突兀地、高高地竖起了一块号牌，上面是一个赫然的数字"5"！

阿独举起槌子的右手停在了空中。起初，他以为是自己发生了幻觉。定神一看，那号牌继续醒目地竖挺着，在一片晃动的头上张扬着,犹如鹤立鸡群。没错,没错!真是有人举牌了!

阿独毕竟久经沙场,他立刻稳住自己,没有露出内心的狂喜,把举槌的手优雅地转了方向,提高了嗓门说:"后排的买家,五号,谢谢你。五十万!还有别人要吗?"

肃静中,几乎所有的脑袋全转向了后方。这时,听得有人惊异地叫了声:"大小姐!"于是,现场的多数参与者,包括站在台上的拍卖师阿独,顿时明白了,今天创造奇迹的,究竟是来自何方的神圣!

接下去的拍卖,便是一路顺风顺水,

几乎全在起拍价,由五号一人独得。按照阿独原来的设计,五张画起拍总价为二百五十万。如果不是大师家人的否认,最后成交价很难估量。现在,按底价全部拍卖成功,阿独拍卖行的开张也算大获成功了。稍有些风浪的,是最后一幅画。第五号拍品《塞外》,是本次拍品中阿独最为推崇的精品。"春风不度玉门关"那一派凄凉而雄浑的感觉被画家渲染得淋漓尽致。大师作画时,全中国的多数地区已经被日本的铁蹄所蹂躏,阿独看得出这画里的悲愤之情,已被深深地糅进了笔墨浓淡之间。那幅画拍卖时竟起了点波澜,起拍也是五十万,五号举牌后,有人跟风报了五十五万,那架势不像托,举牌者大概也是实在喜欢这作品。五号却毫不停顿地报出六十万,于是,吓退了挑战者。最后,五张大师画作,被"大小姐"悉数收入囊中。

十

奇迹是如何出现的?要是潜心向佛的老奶奶在世,一定会瘪着嘴念叨:"好人自有好报!好人自有好报!"

阿独属于好人之列,一般是没有疑问的。在眼下深不可测、污浊黑臭的艺术品交易市场，阿独能独善其身，不卷进种种欺诈的勾当，实在是很不容易。不妨插进一段闲话加以证明。

邻省有一位大拍卖师，姑隐其名，临时称之为阿K吧，他名头不比阿独小，脑子则比阿独活络得多。阿K老是听人说阿独如何如何了得，特别是听到他特立独行，从来不肯附假，就有几分诧异，亦十分不信。按阿K的说法，这年头，任何东西都能标价卖，顶多是价高还是价低的问题，而不是无价与有价的区别。因此，真即假，假即真，真真假假，好好坏坏，全一锅里煮了，哪里分得清楚？阿K心里痒痒，老想贴身会会阿独。

于是，某个冬天的深夜，一位朋友把邻省的阿K带进了阿独的家。事先，朋友没说清来访者真正的目的，只讲是同行上门切磋切磋而已。例行的寒暄之后，阿K徐徐展开随身携带的一幅古画。阿独定睛一看，竟然是大名鼎鼎的唐伯虎落款的白虎图。

阿独微微一笑，打量着来访的同行阿K，含蓄地说："虎年未到，就拿白虎说故事啊？"

那意思尽管隐晦，同行听了自然明白。大名家唐伯虎，外加字寅，他的生肖，是从这些字眼就看得出来的，中华属虎的人中，恐怕以他的群众知晓率最高。据说，唐先生乃虎年元月初一寅时诞生，算得上超级大老虎。白虎与伯虎，古意相通，何况在前人的意识里，白虎也并非凶兆，所以也常有把唐伯虎叫成唐白虎的。唐伯虎若画幅白虎图，那应该是画家与画意的绝配了。不过，历史上众多大师画过山林之王，艺术界却有个共识，属虎名虎字虎的唐伯虎，偏偏没有虎画传世。风流才子，一生画山水画仕女无数，唯独不画老虎，也许，是古人对自己的生肖和名字，有敬畏和避讳的习惯。

阿K跟着微微一笑："未必是不着边的故事。你看看啊。上面题鉴的名人不少呢。"

阿独的眼睛是早就看明白了。画作的上端下方，名家们的题跋印章确实不少，且有几位颇眼熟的清末民初的名家。按阿独的阅历与鉴赏力，那些名家们的题鉴并非全是伪托。看来这幅画有些年头了，确也蒙混过不少人。阿独知道，在前辈艺术家的观念中，能把别人的画或字仿得惟妙惟肖，仿得包括画家本人也认不清，是本事、是乐趣、是雅事，所以他们将这些作为富有雅趣的消遣。但是，阿独却不会受欺蒙。尽管有诸名家的题鉴，他依然笑着摇头。

阿K见此，也坦然说道："你如此

法眼，我不敢糊弄。故事我就不编了。不过，此画肯定不是新的，确实是古人所作。至于是真唐伯虎还是托唐伯虎，恐怕永远也求证不清的。"

阿独轻抚着发散出陈年气息的宣纸，对古人的艺术创造力油然而生敬意。画面上，山中之王仰天长啸，似有气拔山河之概。不管是谁画的，此作绝对是精品。可惜，艺术品市场，特别是古代艺术品市场，有自己的铁律。能卖大价钱的，不但要宝物本身精彩，还一定要有作者的大名头。阿独叹道："要真是白虎画的白虎，那是老价钱了！"

阿K跟着道："事在人为么。此画

只要再多一个题鉴,我们就能打败那帮书生的迂腐之见。什么白虎不画虎,唐大人自己没说过吧!他偏偏就留下这一幅。物以稀为贵。珍贵得不得了啊!"

阿独纳闷:"多一个题鉴,就能一手遮天?"

阿K哈哈大笑,从上装口袋摸出一张瘦长的薄纸来,放着桌面上,轻轻推到阿独的眼皮底下,"就缺你的大名啦!海内海外,你老兄的名头,就是拍卖界的唐伯虎啦。"

阿独长期在拍卖这行里,对本票支票之类,见得多了。眼光一扫,就看到了本票上的数字。他暗暗吓一跳。这位同道，也真敢出手！五十万！玩笑开大了吧？阿独只伸出一根修长的食指，将那张绿色的本票弹回去，不动声色地说道："说笑了，说笑了，我只是个站台跑腿的角色，有什么名头？"

阿K不恼，歪着脑袋问："就不给个面子？"

阿独文绉绉地应了句："非不为，实不能为。"

阿K似早有思想准备，不慌不忙，又从上装口袋里摸出样东西，这次是一枚玉石章子，自言自语地道："知道你老兄不肯轻易动手，我就代劳吧。"说着先是用那章子在陈年古画上轻轻一按，一枚让阿独相当熟悉的印章就出现在那泛黄的纸面上。阿 K 没抬头看阿独，右手顺势朝那印痕上扇了两扇，带起一阵微风，似乎要把印泥快些吹干。

阿独在一旁看得稀罕，不知同行在玩什么把戏。却见阿 K 又从一布兜里夹杆毛笔出来，顺带又掏出一只铜制的墨盒，掀开铜盖，将笔端在浸透墨汁的丝绵上润了润，然后很潇洒地在白虎图上挥洒书写起来。这时候，阿独总算明白了，打上门来的同行，是成竹在胸，把一应家什带齐全了，当着阿独的面大变戏法，仿他的字体题鉴，还预先刻了一枚阿独的印章备用，真个是煞费苦心！

内行看门道。阿独顾不上恼怒，他暗自赞叹这位同行的本事。那印章，那题款，连阿独本人也不得不承认仿得到家。若不是今天当面看他做假，哪天猛不防把这题鉴捅到眼前，阿独也许真以为自己写过那些字儿呢。特别让阿独吃惊的是，阿 K 仿他题款时，落笔如飞，十分自信，就像随手在写自己的字体一样。那假冒的功夫，真个是炉火纯青了！阿独惊讶之余，想起以前听到过的传说。这位阿 K，是当代的书写圣手。据说，他仿旁人的签名，连公安部的笔迹专家，也鉴定不出。

　　阿独尚未从感叹中回过神来，阿 K

已经把活儿干完，抬头道："代劳得还行吧？"他把那本票再次推过来，"这代笔尽管冒昧，若是蒙你宽怀认可，感恩不尽。你的大名头是不能白白借用，小小意思，不成敬意，给个面子吧。"

带阿K上门的朋友亦劝阿独收钱，权当帮帮忙。阿独哭笑不得。他无话可说，依旧把本票推回去，对阿K淡淡道："你的本事我佩服了。这钱么，我断然收不下。"

阿K正色道："你认也罢，不认也罢。这印章，这字，谁也认得。真假难分，你就不要固执了。"

阿独笑笑，"仿得天衣无缝！不过，

还是假的！"说着，手指还朝阿K写的毛笔字点了两下。

阿K醒悟了："你说我用的墨是假的吧？没关系，我知道你老兄的习惯，签大名，必用古墨。所以，我这墨盒里面的玩意，年代也很久很久！"阿K爽朗地得意地笑起来。

阿独听他如此一说，不由苦笑着摇头，"你真是煞费苦心啊！"他略一停顿，断然地说："不过，这个题款到底还是假的！"

阿K不信："你如何证伪呢？我仿的字，从来真假不分。何况，仿你老兄的字，我更不敢马虎，着实练了一段时间！"

阿独只是微笑，不肯解释。把阿K惹急了，脱口道："假在何处？你若能把我说得心服口服，我今天当场就把这画撕了！"

带阿K来的朋友，认为自个儿是居中的第三方，想同时讨好双方，就毛遂自荐，大包大揽地愿充当公证人，并提出了规则，说是如果阿独无法证伪，就必须把画上的题款认下来；反之，一旦有明确的理由证伪，阿K必须兑现承诺，当场毁了这幅画。

阿K立刻响应，自信地敲了敲桌子，痛快地道："行啊，就这条件，我君子一言，绝不反悔！"

在场面上，阿独向来不做缩头乌龟。此刻，被他们逼得没了退路，当下小心地从上装口袋里掏出一枚透明的塑料薄片。那塑料片密布着细密的纹路，很像早年的塑料唱片。阿独把塑料片搁在阿K代写的题款上方，斜眼看着同行问道："没什么变化吧？"

阿K细细一瞧，塑料片下面的毛笔字，还是那模样，一撇一捺，清晰得很。阿K不知对方用意，纳闷地翻翻眼皮，没有吭声。阿独顾自从书架上抽下一卷画来，轻轻展开，待露出有自己题款的部位，摁住了，把那透明的塑料片搁上去，朝身边的两位先生说道："你们再瞧瞧这个！"

阿K与另一位好奇地凑上头去。真是怪了。在塑料片的下方，除去清晰的毛笔字，竟然闪现出一枚淡淡的指纹。那指纹似隐似现，仿佛钱币中隐匿的水印。指纹应该是在书写之前先按上去的，因为在墨汁经过的地方，指纹被遮盖了些许。阿K用手接过塑料薄片，反复端详。移开薄片，指纹就消失了，消失得连痕迹也没有。也就是说，那指纹是用特别的物质印上去的，必须用这枚塑料片才能看清楚。

阿K与公证人面面相觑。他们不得

不承认，阿独棋高一着！阿K长叹一声："这年头，只听说煞费苦心做假的，没听说像老兄你煞费苦心防假的。得得得，我今天输得心服，也算是开了眼！"叹罢，伸出双手就来撕那幅刚才还当作宝贝的白虎图。

"别别别！"阿独赶紧拦住。

阿K乜他一眼："你拦我干啥？让我说话不算数？"

阿独笑道："不管是谁画的白虎，总是前人留下的物件，毁了太可惜。要撕也讲究个方法。让我撕了如何？"

阿K既然服了他，也就由他去弄。那画原先裱成个长轴。阿独从右上侧徐徐撕开一条缝，逐渐延伸到画面的边缘，最后撕下细长的一小条。原来，他撕去的仅仅是阿K方才的题款，其他部位丝毫未损。阿独笑着说："这就是撕了！真白虎，假白虎，你认为永远搞不清楚，就原样保留给后人吧。"

阿K早已无话可应。悻悻然，把那缺了一小条的画卷了起来。

此事被那位充当公证人的朋友传开后，有位书法家朋友特意写了副对子，上门来送给阿独。上句：二十载书生买卖因诚信闻名，下句：五千年文明传承以仁义安邦。

十一

阿独属于好人之列,前面的故事大约可以证明了。"好人好报"的因果关系呢,也因此而获得证明。

那天拍卖会结束,赵大小姐用一张运通的旅行支票代替定金,与财务交接完毕,款款地正要离去,却被财经杂志的一位帅哥记者拦住,死皮赖脸,非要采访不可。他的核心问题只有一个:既然大师家人否认是真迹,甩二百多万的真金白银,不是十分冒险吗?大小姐被年轻人纠缠得没办法,急切间,很豪气地丢下一句话:"行有行规,总要讲道理。分明是真货，凭什么硬不承认？我就是气不过！"说罢，跳上自家的小汽车走了。那意思，就是用几百万出个头，乃路见不平、拔刀相助的侠义之举。

江湖险恶。同样的事情，完全可以作另外的解释。另一种说法，紧跟着也传开来。有好事者断言，那大小姐有上亿的宝贝藏品，花点小钱，只为了笼络住阿独这样的行家，今后用场大着呢！佐证这个推断的，是一周后大小姐在府中设宴请客。因为家中藏品丰富，几乎等于一个中型博物馆，一般人难以获准进入大小姐的别墅。至于在家里设宴待客，更是破天荒的事情。那天请的贵客，实际上只是阿独一人。另外两位，属于附带的陪客。一位是阿独的妻子，请她算大小姐周到的礼数，作为单身的女主人，只请男宾毕竟诸多不便；还有一位陪客，就是那个上了年纪的经纪人，他既姓谢，又谢顶，外貌与尊姓一致，很好记。既然是大小姐的经纪人，他当然常在别墅里进出，有时代表大小姐参加艺术品的拍卖会，收购一点东西，所以与包括阿独在内的市场中的朋友们比较熟，请他作陪亦是自然。

　　那天的家宴，到底吃了哪些山珍海味，到底谈了什么机密，外人无法完全知晓。几天后,谢先生与朋友喝酒时,一时兴起,只吹了一件事,倒也让艺术圈里的朋友兴奋了一阵。前面说到过,阿独在美国做客时,几分钟的时间,就看出人家博物馆的珍藏是假货。那究竟凭的什么本事,外人不知,阿独亦长期装傻不说。这次大小姐请客,可能出于感恩,当主人随口提起那精彩的往事,阿独竟然不闪躲,将秘密全盘托出。根据谢先生的复述,阿独特别的功夫,其实是在诗外,凭借平时积累的丰富的文史知识,才能把那假货一眼识破。

  阿独既熟悉正史,也喜欢野史,特别喜欢阅读士大夫们散漫的笔记。他认为，那些没有明确功利目的的笔记，一般均是亲历亲闻亲见的内容，除去个别刻意的伪作，应列入珍贵的史料，用以作为相关艺术品鉴赏的佐证，可信度较高。那幅被美国博物馆收藏的山水巨作，其作者的生平，是被阿独在野史中研究得很透的一位。阿独知道，他中年之前，生活优裕，属公子哥儿一类，艺术上也未达顶峰。年近半百，家门突遭大祸，财产全部丧失，他心灰意冷，这才看破红尘，自号某某道人，倒是在绘画创作上渐渐登峰造极。正因为如此，一般人只知晓他后来的名头。至于失踪的山水巨作，却偏偏是他四十来岁壮年时期的笔墨，是他早期作品中最精彩的。伪造者不知此缘由，偏偏在图中留下某某道人的题款，另加一方某某道人的大印，破绽越发明显，因为那方印很有来历，野史上记载得清楚，是画师五十大寿之日，他的一位擅长篆刻的朋友所赠。所以说，此印是断然不会出现在他四十岁的作品之上的。

　　阿独这番看似简单的道理，让酷爱收藏的大小姐听得肃然起敬。真正的艺术鉴赏专家，需要掌握的知识实在是深不可测啊。陪客谢先生说，那次家宴，主人与客人谈得十分投机、融洽。连阿独的妻子和大小姐也相当投缘。宴会之后,大小姐还有惊人之举,她打开房间,毫无保留地把所有的珍贵藏品让客人一一过目。看得出,她已经把阿独夫妇视为最信得过的朋友。

十二

从那天开始,大小姐和阿独的妻子,真的成为好朋友,越走越近,甚至到了姐妹般亲密的程度。不时有人看到她们一起逛街购物,说说笑笑,看不出一个见过世面的阔夫人与一位内地乡村女孩的距离。一个高挑洋气,一个娇小腼腆,倒也是互补的画面。有人嫉妒地说:"大小姐真精怪，为自己挑了个陪衬人！"

奇怪的是，阿独却再也没有去过大小姐的府上。连大小姐过生日，也只有阿独的妻子孤单地提了蛋糕前去。有人就此请教过谢先生。谢先生摇摇头，不肯解释，只是说："主人的事情，我哪里知道！"他越是作高深状，旁人的猜测就越花样繁多。不过，到底猜不透，一向知恩图报的阿独，究竟为什么与大小姐搞拧了，连她的门也懒得进。

这个谜题还没来得及破解，一个石破天惊的消息，却突然传开了。大小姐破产了！就像一颗炸弹扔进了平静的院落，艺术品圈内，无论是与大小姐过往甚密的，还是浅浅的点头之交，均惊得目瞪口呆。泰坦尼克号会下沉吗？身边巨轮下沉所激起的漩涡的恐怖，远远大于银幕上的景象。与这消息一样骇人，并迅速传开的是，大小姐忠心耿耿的经纪人谢先生，在这恐怖降临的同时，竟然消失得无影无踪。

那天，阿独的妻子正好去大小姐家闲聊，很快，她气急败坏地赶回自己家，将上述噩耗报告丈夫。她进门时，阿独站立于书桌前，悠悠地端详着刚书写完的条幅，闻讯脸色大变，手中的毛笔跌落在条幅上，墨汁在宣纸上化开去，晕成一片山水，形状很难描述，得于天然，自成一趣。阿独叹道:"在劫难逃,天意啊,天意难违。莫非我也是无意中害了大小姐?"

妻子惊异:"与你有何关系?大小姐是被坏人坑骗了,轮得到你吗?"

阿独摇摇头:"你不懂,不懂。人世险恶,你想象不到,我也是不愿让你受惊吓,才少对你讲那些。"阿独对妻子一直敬重,绝不因为她从小地方出来而轻看她。朋友们总是羡慕这对夫妻相敬如宾。不过,阿独很少对她讲生意上的复杂情况。阿独还对好朋友们说过,能让自己的妻子远离世俗的狡诈和阴险,让她多保留一些单纯,是男子汉的本事。妻子明白他的心意，也懒得多问他生意上的情形。这次，事关大小姐，她不得不细问："你倒是说说清楚，我急得六神无主了，你还慢悠悠的！"

阿独瞥她一眼，问："你觉得那谢先生如何？"

"看上去文雅得很，对大小姐也一直在理上。要不是听到他突然失踪，我如何能把毛病想到他头上！"妻子纳闷地回答，"不过，刚才大小姐伤心地对我说，谢先生以前跟她先生，后来又一直跟她，前后二十多个年头，他们向来待他不薄。没想到，最后是栽在谢先生身上。"

阿独神色黯然:"那天在她府上吃饭,我感觉谢先生不对头,又说不清楚。何况他是大小姐多少年的心腹,我更不便乱猜疑。"

"你那天就感觉不对?"妻子十分奇怪,"饭前饭后全谈得开开心心,哪里不对了?"

"毛病是出在看大小姐藏品的时候。"阿独忧郁地说,"我明白大小姐的意思,是想让我掂量掂量她的宝贝。谢先生开始是有意阻拦,说今天吃饭谈话累了,以后再看。当大小姐坚持打开库房时,他又故意提醒我,大小姐的身家性命全压在这些收藏上,藏品就是大小姐的命根子。我自然听得明白，他在警告我慎言少语啊，看出毛病也不能说！"

妻子猛然醒悟："如此说，你那天看出一点问题了？"

"岂止是一点问题！简直是天大的骗局！你记得大小姐是如何津津乐道那些宝贝藏品的来历和故事吗？每件宝贝的来去总有完整有趣的情节。事情太完美了，就更加蹊跷。几千年的动荡，真正的好故事多半是湮没的，讲得头头是道的，十有八九是后人编纂！"阿独愤愤地说。

妻子恍然大悟。她记起来，那天饭

后大小姐讲述的藏品故事,比如那些战国竹简如何逃离秦始皇的大火流传至今,那把皇宫的龙椅如何流转到英国宫廷又如何被她求得,这些离奇曲折的戏剧情节,让自己听得沉迷不已时,阿独却始终不失礼貌地微笑着,若不是大小姐盯住他问,他简直不吭一声。

妻子叹道:"你为什么不向大小姐点明啊?"

"我能说吗?那些藏品寄托着她人生的心血!她的多少家产扔在这里面啊?把话说穿,就是要她的命!再说,那还不是偶然在拍卖场上当的问题,肯定是有黑社会集团觊觎大小姐的财产,按她喜好故意做出假文物骗她上钩。所以才会有那么精彩的故事附带送过来！这中间水深啊，我摸不清，哪敢乱说！"

"所以后来你干脆不愿去大小姐家？"

"你知道我的脾气。要我说假话，说不像的。说真话又要她的命。我只能躲开啊。"

妻子不解地又问："你只是不讲出藏品的毛病罢了，为什么又说你无意中害了大小姐？"

阿独长长地叹气："人心险恶超过你我想象。谢先生可能有问题，我猜到了。但他毕竟是多年的家臣，哪里能够吃人不吐骨头啊？我想，他估计我看出了藏品的问题，担心我总有一天要抖搂开来，所以干脆痛下杀手，把大小姐的钱财全部糟蹋光，然后溜之大吉了！"

阿独把事情分析到这个程度，聪明的妻子自然是清楚了。夫妇二人，为自己的救命恩人的命运唏嘘不已。如果谢先生仅仅是卷走大小姐的浮财，日子还能过下去。大小姐的失策在于过分相信先生的老臣。谢先生向大小姐建议，由于近年来收购藏品已经把资产用去大半，为了收藏的后劲，应该做些金融生意，赚点钱。大小姐知道，自己的先生活着的时候，主要是靠金融投资积累家产，这谢先生又向来是先生的得力助手，特别是操作期货交易，绝对是个高手，长期以来几乎没有过大的失误。大小姐听了谢先生的话，把手头活络的几千万资金悉数托付给他进行期货交易。现在，谢先生突然失踪，期货账号已经被交易所冻结。可怕的结果是，不但原有的资本输光了，因为做的是大数额的杠杆交易，平仓的结果，大小姐反倒亏了几千万。

现在为了还债，大小姐急于把藏品脱手一部分救急。她便拜托阿独妻子回来问，能不能迅速找个大买家接手？

阿独仰天苦笑："她哪里知道，那些她自认为最贵重的藏品全是假的，真品屈指可数。统统出手,也卖不到一千万!"阿独停顿片刻,又说:"大小姐的资产,最值钱的,也许就是她住的别墅了。"

妻子听罢几乎要哭出声来:"难道一点办法也没有?要逼得大小姐走投无路卖房子啊?"

阿独低头,许久不语;听妻子嘤嘤地抽泣起来,才伤感地说道:"不是我不想办法。她对我们有大恩啊。如果是几百万的事情,我找朋友周转周转。现在是几千万的窟窿,你想我有多少能耐?"

十三

不管有没有办法,在大小姐如此困窘的情况下,她既然把求救的信号发了过来,阿独是一定要上门走一遭的。

当下,夫妇二人叫了辆小车,就直奔大小姐的别墅而去。车走到半路,沉默着的阿独突然开口说道:"一会儿,如果我打算研究大小姐院子里的大石盘,你得配合些,你们多说说话,好让我安静干活。"

知夫莫若妻,听阿独这一讲,妻子眼睛顿时发出光来:"你想出办法啦?"见丈夫瞪自己一眼,晓得当着前面的小车司机不能乱说，就凑到阿独耳边，悄声问："那石盘里面藏着文章？"

阿独不肯再言语，只管闭目养神，一副天机不可泄的神秘样。

大小姐别墅的院子挺大，进门有一个圆形的水池，里面游弋着许多色彩鲜艳而肥硕的金鱼；绕过水池，是一条搭着葡萄架的走廊。顺着走廊拐个弯，就到达客厅的玻璃门前。在葡萄架转角底下，搁着一样粗糙的家伙，与这座整理得井井有条的院落显得很不协调，那是一块直径足有两米的大石盘。那石盘默默躺在石子地上，粗犷的纹路，现出被风雨侵蚀多年的苍老。看它的样子，应该是很久以前,农家磨坊里的工具。不知为何到了时髦的大小姐的别墅。反正,这里原本不该是它待的地方。

阿独与妻子第一回来这别墅时。饭前,大小姐带他们在院子里走走。在葡萄架拐弯的地方,夫妇俩不约而同停下了脚步。阿独的妻子首先惊讶地叫出声来:"我们乡下磨东西就用这样的大磨盘啊,怎么跑到这里来了?"

大小姐款款一笑:"你家乡人好实在,我随口开个玩笑,他们就用车搬过来,让我很感动,也很不好意思!"

细听下来,那是大小姐做善事后的一段佳话。两三年前,大小姐在安徽山区捐了座希望小学。希望小学所在的地方，确实离阿独妻子的老家不远，可见世界其实不大。小学建成，开学之前，校方按惯例邀请捐赠者到场剪彩。大小姐从来没有去过那样偏僻的山区，也就兴致勃勃地跑了一趟。一应仪式结束之后，大小姐正打算离开，县里陪着来的官员无意中提到她有收藏的爱好，当地的村官是个朴实的老汉，正不知如何感谢捐赠学校的善人，听这话，赶紧接口："我们乡下老辈传下的盆盆罐罐多着呢。文物贩子也常下来收。大小姐到村里转转，有看得上眼的，尽管拿，尽管拿！"大小姐尴尬地笑了，她不能直白地把话顶回去，说你们那些东西我没兴趣，人家一番好意，如何能伤了老实巴交的村官老头？于是就婉转地说道："我不喜欢瓷器、瓦罐那些东西，你们留着，有合适的价钱，给孩子们换点书本文具用啊。"

交通不便、开发未起的地方，穷虽穷，人是格外真诚。老汉一路送大小姐，一路继续唠叨："你不稀罕小物件，大的古物，村里也有啊，村前那牌楼的石柱，雕着花的，你要喜欢，就搬了去。"

大小姐被唠叨的老人着实感动了。牌楼的石柱，也许记载着这村子多少年前曾有过的一段风光，他们也愿意拿出来送她？对大小姐而言，几十万捐一所小学，只是想让自己的心多一份安宁，哪里想过要什么回报？那一刻，他们正走上通往公路的一座山头，山坡有点儿陡，走起来也有些喘，大小姐停下来歇歇。往下瞧见半山腰那里，躺着一块圆形的大石盘，好像是被树桩挡住，才没有跌落山涧。大小姐奇怪地问："那是磨盘吧？为什么掉那里了？"村官老汉答："老一辈讲，那是逃到这里的太平天国的军队与清军血战时留下的。当时，清军往上攻，守在上面的太平军就把能砸的全往下砸了。"

大小姐在山头上停留了片刻，顿时

有思古之幽情。那一战，不知死了多少人呢！她喃喃地道："这石盘，倒也记录了一段历史啊！"

大小姐无论如何也没有想到，她随口说的话被朴实的老汉记心里了。一个月之后，老汉带几个年轻人，把那大石盘搬到了上海，搬进了大小姐的别墅。不知他们如何把石盘从半山腰拖上来，不知他们用什么工具把石盘从山区运出，反正，那是让大小姐感动得无法言语的一件事。尽管石盘不是值得收藏的文物，但是，它注定要跟其他宝贝一起陪伴大小姐了。

那天，听大小姐说完石盘的故事，

作为安徽女人的阿独妻子,早已是双目湿润,与大小姐的距离顿时拉近许多;阿独则默默无语,跨前半步,对着那石盘端详良久。现在,他要在石盘上做什么文章呢?妻子百思不得其解。

跨下出租车,站立在大小姐的别墅前,阿独转身看了看妻子,沉闷地问:"能救大小姐,你什么全舍得拿出来?"

娇小的女人,抬头望望瘦长的丈夫,想从他脸上读出特别的意思。但是,她失望了。那张向来缺乏神采的脸庞,此刻更是一面孔的严肃。她不假思索地点了点头,坚定地说:"大小姐是好人,她又救过我们,只要能帮上她,我没什么舍不得的。"

阿独再瞧瞧妻子,微微叹了口气:"好吧,我就要你这句话!"说着,他按响了别墅的门铃,当铃声叮咚响起,阿独那瘦条条的身子骨,微弱地颤抖了一下,像是打了个寒战。

十四

当大小姐从客厅里迎出来时,阿独与妻子均暗暗吃了一惊。向来光彩照人、山清水秀的她,竟然脸色灰白、眼神黯淡。她掠了掠披散到额前的乱发,强撑起笑脸说:"你们来啦,我心里乱得很,有些事情要麻烦你们。既然是朋友，我也就不讲客气。真是要多多拜托阿独先生！"大小姐失去了往日的优雅和从容不迫，开门见山，语气很急促，语言也有点杂乱。

阿独见她如此，心里隐隐作痛。前些日子，大小姐在拍卖会上救他于水火时，还是何等豪气，何等英姿飒爽！所谓风水轮流转，似乎也转得太快些。阿独与妻子交换了担忧的眼色，明白自己是当下唯一的男人，应该沉着，天塌下来，也要用这瘦条条的身子撑一阵。他平静地说："不急，我们商量商量。请大小姐把藏品房打开，我再细细看看。"

阿独接过大小姐递来的主要藏品的清单,那是刚从电脑上拉出来的。他飞快地扫了眼单子,就让妻子陪着大小姐在客厅里等候,独自一人去藏品房清点检视一遍。

阿独不愧是高手,加之原先扫过一眼,所以,只是一个多小时的工夫,他便回到客厅里。两位女子紧张地注视着他,他也不言语,只是把清单递回到了大小姐的手上。大小姐见单子上增加了许多铅笔写的符号与数字。她是何等聪颖的女人,面对清单打量了几分钟,就把阿独的记录与分析看明白了。她的脸色顿时变得更加灰白黯淡,抬起头看着阿独，吃力地问了一句："你确定如此？！"

阿独不说话，仅仅点了下头。大小姐抬起虚弱的手腕，把清单递给身旁的女伴，同时说道："我相信你。不过，事情为什么会这样，我本来觉得最重要的藏品，竟然全是假的？"

阿独说："你自己从拍卖会上买回的东西，尽管有好有坏，毛病不大。其他的，那些你认为最珍贵的，是哪条路上来的？"那些所谓珍贵藏品，当然包含大小姐曾经把故事讲得头头是道的战国竹简、皇帝龙椅之类的玩意。

事到如今，大小姐也只能讲真话：

"全部是谢先生介绍过来的,他认得几位地下的行家。"

"行家?"阿独冷冷一笑,"谢先生把你最后的资金全毁了,还让你欠大笔的债,他早就在打你的财产的主意,你能相信他介绍的行家吗?"

阿独妻子也把那清单看明白了。阿独在许多藏品的后面打了叉,表明那些是假货或者赝品。有若干藏品后面标了价,包括从阿独的拍卖会上买的那几幅大师的画。阿独的活干得挺地道,在清单的末尾,他还把有价位的藏品总起来核算了,是一千万刚出头一点。显然,这距离大小姐目前的债务,还有相当大的缺口。

大小姐的头靠着沙发背,乌黑的卷发披散在棕黄色的牛皮之上。最初见到大小姐的人,总会惊异于她的天然的卷发,猜疑她的血液中是否有异族的基因。那无比高贵的气质与修养,此刻为沮丧与慌乱所代替。她揉揉充血的双眼,无奈地用仅有的底气支撑着说:"那样,我只有卖房子一条路了。房子应该值三千来万。不过,可以卖的藏品,还是要拜托阿独先生处理了,否则依旧不够还债!"

听得出,她努力平稳地说这些话时,心分明在流血。事情很清楚,即使顺利处理完房子与藏品,把债务清了,以后的日子仍然堪忧。大小姐将分文不名，从一位阔太太，一下子变为居无定所的穷女人。

正当大小姐无限绝望的时刻，她听到阿独竟然说出这样一番话："我们再想想办法。我觉得，你这别墅里，也许还有值钱的宝贝！"

大小姐睁大眼睛，不由又露出往日摄人的光彩："还有什么？我全部让你看了！"

阿独瞧瞧妻子，回头平静地说："我仅仅是猜想而已，未必确有把握。我想再看看你院子里的那个大石盘。"

大小姐越发诧异："那石盘就是一

点乡人的意思，能值什么钱？"

阿独苦笑道："病急乱投医罢了。头一回见它，就觉得那里面有名堂。不过，你府上财大气粗，我也不多嘴。你有注意吗？石盘上原本应该有孔，为什么封死了？"

阿独妻子猜出丈夫在想啥了，她接着说："对啊，在乡下我见过的石盘多了，应该有一个安把手的洞啊，封住了很奇怪。"

大小姐来了精神："不管是什么道理，先把它凿开看看。"

她叫来收拾院子的花匠，要了点锤子、凿子之类，交给了阿独。她默默瞧了他一眼,目光中隐含着一丝希望。

十五

阿独开始干活的时候,他关照两个女人退后一点,以免溅起的碎砾伤了她们娇嫩的皮肤。

石盘面上,果然有一处是做过手脚的。年代久远,那封口处已经稍稍凹陷,仍看得出原来的洞口的轮廓。封得倒是很坚实,也不知用了什么材料。阿独不去仔细研究,只顾轻手轻脚地凿开封住石盘上洞口的东西。灰白色的碎砾从凿子下飞扬开来,渐渐地,洞口暴露了出来。

"有了,"阿独轻唤一声,显得惊喜,"里面真的藏有东西!"

两个女人凑上去看。黑乎乎的小洞里面,看不清藏了啥。阿独妻子急道:"你掏一掏啊。"

这时候,阿独丢下了从花匠那里要来的粗笨的工具,从自己的上装口袋里摸出一把闪闪发亮的细长的镊子。不知他一向在口袋里放着这些装备,还是今天特意为对付石盘而带来的玩意。

一块白布铺在石盘上。阿独小心翼翼地从石洞里夹出东西,夹出一样,就轻轻搁在白布正中。不一会,变魔术一般，那里已经聚集了四五样小物件。

大小姐见过的古物多了。但是这次特别，东西竟然是藏在这不起眼的石盘之中。她看傻了，纳闷地问阿独："你如何晓得里面有藏物？"

阿独正将镊子揩干净，放回上衣口袋，淡淡地回答："也是碰运气吧。那次看到它，听你说了来历，又觉得石盘上的封口蹊跷，就猜必有原因。"

阿独妻子已经蹲下身子，仔细观察丈夫掏出来的宝贝。这一看，她竟然被惊吓得尖叫起来。但是，她突然醒悟，迅速与阿独交换了眼神，随即捂住了嘴巴。大小姐没有注意这个细节，她的注意力完全被白布上的东西所吸引。那是几块金锭，上面隐约有太平天国之类的字样，是好东西，当然，也不是特别珍贵的文物。最后，大小姐拿起一块白色的玉器，放在掌心，对着天光仔细地观察起来。

她终于看清楚了，这应该是极其稀罕的物品，大概是哪位皇帝用过的玉玺。她压抑住内心的狂喜，慢慢把东西举到阿独面前，当然是不敢肯定自己的发现，要听听这位专家的意见。

阿独没有多看，只是说道："我掏出来时已经看到了，这确实是好宝贝。"说着，他避开大小姐摄人的目光，脸转向妻子那里。她也正怔怔地望着他。

十六

妻子记起从出租车上下来时的对话。当时阿独问过:"只要能救大小姐,是否什么全舍得拿出来?"当时,自己的回答是十分肯定的。她没想到,丈夫的意思是指这块玉玺。

阿独与安徽女子结亲的消息传开后,有好事者说过,安徽乡下古物多,那女孩子的背景又是世代私塾之家,既然是嫁给大拍卖师,也许有宝贝做陪嫁呢。阿独听了这些传言,一笑了之,从来不做什么解释。久而久之,也就不再有人嚼舌头。这是对付传言的明智的办法。

传言其实还算有点儿依据。妻子从老家嫁到上海,父母确实把传家之宝给了女儿。那方和田玉,一看就知道是极品。凝脂一般晶莹剔透、温润委婉。它还不是一般的玉器,而是一枚唐代的"皇帝之宝",也就是所谓的玉玺。世代私塾人家,颇有善心,成就了一段故事。太平军败亡之际,军队被清朝的铁骑赶杀得丢盔弃甲、四处逃命。一位受伤的将军,躲在阿独妻子祖上的塾馆中,才保住了性命。凶险过去,将军的伤也养好，打算回故乡躲藏。临别，出于感恩之心，把身藏的宝物，这方唐代的玉玺送给主人。据将军说，这方玉玺是在某次战役后，一个被俘的清军将领为了活命，用以贿赂他的，而原先则是从某富商巨贾家中掠夺而来。阿独的岳丈，见自己的女儿能嫁给专业拍卖的文物鉴赏专家，觉得家中的宝物有了可靠的去处，也就慷慨地把玉玺做了陪嫁。

阿独得此宝物，自然是无比兴奋。玉玺的来路听着也比较可靠。夜深人静之际，夫妇俩常常取出玉玺欣赏把玩。时间长了，行家阿独渐渐从欣喜中冷静下来，他终于看出了毛病。那方和田羊脂玉毫无疑问是极品，不过，有一个极小的非常容易忽视的瑕疵。在灯光下仔细观察，能从侧面看到一条细微的阴痕。那细痕并非在表面，而是躲在玉的深处，是亿万年前生成时自然带来。雕刻师在刻"皇帝之宝"四字时，努力想将这阴痕遮盖住，并且也做得十分成功，连阿独那般犀利的目光，亦被蒙骗了多时。只是因为这是自家之物，有的是时间细细琢磨，否则还真被忽略过去了。

　　阿独感觉不对头。古代，给皇帝制玉玺，那是比天还要大的事情。所选玉料，是万里挑一，不敢有丝毫马虎，否则是欺君之罪，要掉脑袋的；如此大费周折找高明的雕刻师，故意遮掩玉料的毛病，又有什么必要这么干？

阿独对妻子说，这玉是好玉，但是，说它是皇帝玉玺，悬了。如果有问题，估计是出在那个富商巨贾的环节。他有钱啊，就有人会造了假玉玺去骗他。造假这玩意，古人就玩，并非现代的发明。妻子问，真假之利区别大吗？阿独干这行，清楚得很，论价钱，差百倍也不止啊。妻子本来不是贪图钱财之人，笑笑道："我们又不拿它换钱买米，就当个好东西留着玩吧。"

妻子无论如何也没有想到，丈夫救大小姐的办法，最后是落在这方真假难断的玉玺上。她说过,能救大小姐,她什么全舍得,这是心里话。毕竟人家也在关键时刻救了自己的丈夫。知恩图报,人之常情。当她看到石盘洞里掏出的东西里有这方玉玺时,她失声惊叫,完全是因为出乎意料,自家的宝贝怎么出现在此处?聪颖的她,立刻明白是阿独在掏东西时做了手脚,把携带的玉玺丢了进去;紧跟着,她开始为丈夫而充满担忧。她想起来,在按大小姐家的门铃时,丈夫的身子没来由地颤抖过。她深深了解阿独,他绝对不是因为心疼这方玉玺,而是害怕自己违背多少年的做人准则。她明白,阿独在文物鉴定上不肯说假话,不但是业界的公认,也是他视为专业生命的底线。现在,他把一方自己难以确定的玉玺,用这样的方式送给灾难中的大小姐,实际上是以多少年的声望,为这玉玺卖个大价钱做了铺垫,他的内心经受得起自责的煎熬吗?

十七

大小姐最终没有落到破产卖房还债的地步。

她家的石盘被阿独发现藏有太平军宝物的消息,不胫而走。善良者说,好人好报。妒忌者则眼红得冒火。

大小姐处理宝物的经过，阿独没有参与。据说，那玉玺连带太平天国的金锭，是被大小姐的海外朋友高价买去。甚至有传言，背后的真买家，就是那坑了大小姐的谢先生。他从大小姐处骗去那么多的真金白银，现在却昧着良心又用她的钱来做交易。可这类事情，本在私下进行，谁也没法考证。

当大小姐处理完麻烦的债务，想找阿独夫妇答谢时，却再也联系不上他俩。寻不到危难中的真朋友，赵大小姐非常懊恼。为了感谢石盘带来的幸运，大小姐在内地又陆续捐了几所希望小学，这是后话了。

阿独夫妇，不但在大小姐面前永远消失，并且，没有任何先兆和理由地永远离开了上海滩，也离开了拍卖界。朋友们没有再见过他们俩。

上海滩失去了一位最值得尊敬的拍卖师。

阿独为什么毅然离开视为生命一部分的行业？这秘密，被夫妇俩吞进了肚里。

天下无信乎
——代后记

我们已经深深陷入庞大的商业社会。商人的天性是多赚钱。所谓"无商不奸",是表明了其等而下之的赚钱之道。很遗憾,由于社会的各色人等均离开贫穷不久,大家"穷怕了",对金钱的渴望成为强烈的群体意识,于是,商人的等而下之的本事很容易侵蚀到社会肌体的各方面,甚至侵蚀到一般比较清高的文化人。

突出的社会现象,就是信誉的普遍下降。记得一个世纪前的上海商场,有位商人说过他的信条:"上海滩每人上我一次当,我就发财了。"我看,这种心理现在是相当普及了。只要能赚到钱,不要面子,乃至不要里子,是许多人能心安理得接受的策略。

说假、做假、造假，本来很不要脸的事，可以堂而皇之地招摇过市。商人就不必说了，不少官员似乎也很不以为耻。单说为了政绩那吹牛的本事，一些人竟能毫无怯色地海吹，尽管不能直接赚到钱，但是可以得到提拔啊，因此，"'假'中自有黄金屋"了。

文化人，本来应该代表社会，批判种种恶劣的倾向。由于上面说到的原因，现在文化界的"假"也无所不包，假文凭、假研究、假审定、假作品，乃至假大师等，可谓一应俱全。于是，正直者对世风日下的痛心疾首，自然不稀奇了。

我坚持认为那可能是社会变化的一个过程。时间多长，难说。但是，我不相信那是永远的。这篇小说，想写一个执意与"假"划清界限的文化人，称他"阿独"，也是明白他不合世道。遗憾的是，我深深知道个人的力量实在渺小，"阿独"终究对抗不了世俗，最后也陷入了"做假"的泥潭。不管他有多少理由必须如此，做假是确实无疑的。这篇小说曾经难以结尾，我苦恼了很久。当"阿独"决定以自我放逐作为惩罚时，我才松口气，写下了最后的几段文字。

孙　颙

附录：评论两则

不像上海人的骨子里的上海人

文 / 沈善增

读孙颙的小说《拍卖师阿独》（以下简称《阿独》），就像读顾绍文（谷白）的话剧本《升平街记事》，很兴奋。因为他们都写到了上海人的骨子里，写出了骨子里的上海人。不少上海人曾经以被外地朋友夸为"你不像上海人"而感到自豪，在这样的话语里，"上海人"就是"小市民"、"市侩"的代名词。《阿独》的主人公阿独，也被圈内人认为是"独腹心思"（我认为应该是"独幅心思"，独幅，是指窄幅布，与之相对的是"阔幅"布、"双幅"布，形容思路的狭窄），也就是上海人的另类，不像上海人。所以，骨子里的上海人，就是表面上的"不像上海人"。孙颙和顾绍文都写出了这样的"上海人"。而从上海人曾普遍地以"不像上海人"为荣看，上海人其实是不认可表面的"上海人"，而骨子里都对"上海人"有另一种价值标准，认为这样的"上海人"才无愧于上海人。因此，这样的"上海人"才是上海人的艺术典型，"海派精神"的艺术典型。但不是在上海生活几十年，并有敏锐的感觉，恐怕难以发现上海人的这种人格深层的高贵气质，遑论将之表现出来了。不怕不识货，只怕货比货，只要对比一下其他的或外地或本地或纪实或虚构的上海题材的作品，就可以感到骨子里的东西的沉甸甸的分量。

就题材来说，《阿独》属于"收藏"类，这类小说，前有邓友梅的《那五》开风气之先，近年光上海就出过几部这类题材的长篇小说，电影、话剧、电视剧以此为题材的就更多了，因此，也可以说是热门题材，说明受众对此类题材的欢迎。但对比《阿独》，就可见同类题材作品的不足，还在见事不见人。写这类题材的作者，往往在收藏界深有浸染，知识丰富，感受良多，听到的亲历的故事也不少，敷衍成篇，可读性很强，但就是在人物塑造上缺一口气，所以，读罢的印象是记住了故事，记不住人物。或者说，故事是生动的，人物是概念的。《阿独》的情节一波三折、大起大落，而且都是在性命攸关的转折点上，靠人物的出于本性的选择，使事情的走向发生了突变。情节与人物也是水与舟的关系，水能载舟，也能覆舟，《阿独》的精彩情节托起了人物，不仅得益于孙颙围绕塑造人物性格来布置情节（这还是属于技巧层面的），更是由于他对上海人的文化性格，海派精神有独到的感受、深刻的思考。我从阿独身上看到的，商业精神并非天然与传统道德对立的，恰恰相反，植根于农耕社会的中华商业精神，诚信为本、童叟无欺的精神，正是崇德文化的体现。海派精神是现代商业文明与中华崇德文化的融合，或者说是对基于西方崇力文化的"弱肉强食"、"以邻为壑"、"不择手段"的商战理念的改造。从这点来说，我对《阿独》的结尾不太满意，阿独夫妻从上海永远消失，是崇德的商业精神不能见容于世的隐喻，未免悲观了些。

  我希望有哪个具慧眼的导演据此拍出一部好电影。

海上的俗世传奇

文 / 甫跃辉

三百六十行,行行出状元。这拔尖儿的"状元",往往便是各行各业的传奇。在大上海这样物阜人丰的地方,"状元"是数不胜数的,但他们总是悄无声息的,把自己掩藏得很深,如同一粒水珠,融在滚滚俗世之河里。拍卖师阿独是拍卖师中的"状元",看看他的绰号就知道了——阿独。"阿独"这个绰号有这么几层意思,首先是看古董的眼光"毒",且喜欢独来独往,好静不好动。还有一层意思,得用上海话解释,就是认死理。

所谓认死理，表现在两个方面，一是阿独"专门和古代的艺术品打交道，连骨子里也渗透了古人的气味。他满口忠孝仁义、君子坦荡之类的言辞。"还有一方面就是有恩必报。通过对阿独"独"字的几个层面的阐释，阿独的人物形象就清晰起来了。

《拍卖师阿独》所选择的写作方法颇似太史公的，都属传奇志人一路。整部小说的故事发展，无不在印证着阿独的"独"字。他眼光毒辣，所以他始终敢肯定被大师家人认定为赝品的画作为真品；他仁义坦荡，不肯为赝品遮掩，所以屡屡得罪大拍卖行的老板，只能自己开个小公司；他有恩必报，所以娶了救过自己命的安徽女子，所以最终搭上自己一生的名声，毫不声张地救了大小姐，从此隐遁埋名。整部小说的一桩桩事儿，浓墨重彩地，将阿独的性格特点凸现出来。回到传奇志人的传统上，不仅仅是对传统优秀写作方式有意识地操练和回望，也是对现代写作技巧如何与古老的"讲故事"传统结合的探索。

在复旦哈佛联合举办的"新世纪十年文学"国际会议上，《人民文学》主编李敬泽指出，比较而言，新兴的网络文学才是传统文学，而文学期刊上的文学是新文学。因为在网络上大行其道的

"类型小说、黑幕小说、官场小说、志怪小说、言情小说、狭邪小说,在'五四'之前都有,是我们已有传统中的一部分。"(见《文学报》)我们姑且不去评论网络文学的好坏,且想想,为什么有那么多人去看网络文学呢?我想,和网络文学有着个性鲜明的人物、好看新颖的故事不无关系。传统的写作在民间仍旧有着巨大的影响力。或者说,人们总是渴望听故事的。"一个好作家可以不讲故事,但他必须是一个会讲故事的人,必须具有讲故事的能力……讲故事也应该是一个小说家最基本的素质。"(谢有顺语)讲好故事,写好人物,如同一个画家画好素描一样，是必不可少的能力。在现代小说长廊里，单是鲁迅先生，就为我们留下了狂人、阿Q、孔乙己、祥林嫂、闰土、阿长等鲜明的人物形象，纵观当代小说，如此鲜明立体的小说人物却为数不多。由此观之，《拍卖师阿独》这样的写作就愈加有了重要的意义。

图书在版编目（CIP）数据

拍卖师阿独/ 孙颙著. -- 上海：上海文艺出版社, 2023
ISBN 978-7-5321-8403-3
Ⅰ.①拍… Ⅱ.①孙… Ⅲ.①中篇小说－中国－当代
Ⅳ.①I247.5
中国版本图书馆CIP数据核字(2022)第130177号

发 行 人：毕　胜
策 划 人：李伟长
责任编辑：李　霞
装帧设计：杨　鑫

书　　名：拍卖师阿独
作　　者：孙　颙
出　　版：上海世纪出版集团　　上海文艺出版社
地　　址：上海市闵行区号景路159弄A座2楼　201101
发　　行：上海文艺出版社发行中心
　　　　　上海市闵行区号景路159弄A座2楼206室　201101　www.ewen.co
印　　刷：上海盛通时代印刷有限公司
开　　本：787×1092　1/32
印　　张：4.625
插　　页：5
字　　数：40,000
印　　次：2023年3月第1版　2023年3月第1次印刷
I S B N：978-7-5321-8403-3/I.6632
定　　价：52.00元
告 读 者：如发现本书有质量问题请与印刷厂质量科联系　T: 021-37910000